Analyse de l'œuvre

Par Sarah Herbeth
et Pierre-Maximilien Jenoudet

Horace

de Pierre Corneille

lePetitLittéraire.fr

Rendez-vous sur lepetitlitteraire.fr et découvrez :

Plus de 1200 analyses
Claires et synthétiques
Téléchargeables en 30 secondes
À imprimer chez soi

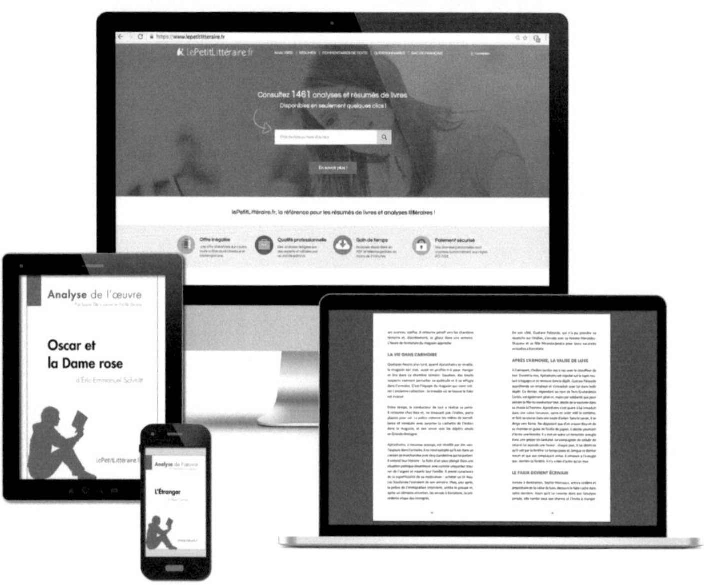

PIERRE CORNEILLE

DRAMATURGE FRANÇAIS

- **Né en 1606 à Rouen**
- **Décédé en 1684 à Paris**
- **Quelques-unes de ses œuvres :**
  - *L'Illusion comique* (1636), comédie
  - *Le Cid* (1637), tragicomédie
  - *Cinna* (1642), tragédie

Pierre Corneille est, avec Molière (1622-1673) et Racine (1639-1699), l'un des trois grands auteurs de théâtre du XVIIᵉ siècle en France. Son œuvre est abondante et variée, puisque Corneille s'est illustré tant dans la comédie que dans la tragédie. Auteur baroque (*L'Illusion comique*), il donne aussi au classicisme français quelques-unes de ses plus grandes œuvres (*Horace*, 1640 ; *Cinna* ; *Polyeucte*, 1643). Sa pièce la plus connue reste néanmoins *Le Cid*, une œuvre qui suscite en son temps la controverse (la fameuse « querelle du Cid »), en raison des libertés prises par l'auteur avec les règles strictes de la tragédie classique.

HORACE

HONNEUR ET PATRIE

- **Genre :** tragédie
- **Édition de référence :** *Horace*, Paris, Gallimard, coll. « Folio théâtre », 1994, 153 p.
- **1ʳᵉ édition :** 1640
- **Thématiques :** amour, famille, guerre, meurtre, procès, trahison

Horace est la première tragédie, au sens strict du terme, de Corneille. C'est dans les écrits de Tite-Live (historien romain, 59 av. J.-C.-17 apr. J.-C.) que le dramaturge trouve son inspiration pour écrire une tragédie.

L'intrigue débute alors que Rome et Albe sont en conflit. Au lieu de déclencher une guerre, il est décidé que des chevaliers de chacune des cités se battront pour défendre leur ville. Mais les combattants choisis, les frères Horaces pour Rome et les frères Curiaces pour Albe, sont liés. L'ainé des Horaces est marié avec Sabine, une Curiace, et Camille, sœur des Horaces, doit épouser un Curiace. L'honneur et la raison d'État se substituent alors aux liens familiaux et à l'amour pour créer une tragédie.

RÉSUMÉ

L'action se déroule à Rome, sous le règne de Tulle, dans une salle de la maison d'Horace.

ACTE I

Scène I

Depuis deux ans, Rome guerroie contre Albe quand une bataille décisive est sur le point d'être engagée. Sabine confie son tourment à Julie (confidente de Sabine et de Camille). Elle se sent partagée entre son amour pour Albe, sa patrie natale, et les intérêts de Rome, sa cité d'adoption depuis son mariage avec le Romain Horace.

Scène II

Camille, sœur des Horaces et fiancée à Curiace, le frère de Sabine, avoue à son tour sa souffrance et son trouble. La bataille qui s'annonce dément l'oracle qui, la veille, l'assurait d'être un jour unie à Curiace.

Scène III

Irruption soudaine de Curiace, qui surprend. Comme les armées refusent de se livrer un combat fratricide, une trêve est décidée, le temps pour chaque camp de désigner trois champions et de remettre le combat entre leurs mains. Leur victoire ou leur défaite scellera le sort de la ville pour qui ils combattront.

ACTE II

Scène I

Curiace félicite, non sans anxiété, Horace qui vient d'être choisi avec ses deux frères pour défendre Rome.

Scène II

Un des messagers annonce aussitôt que les Albains ont de leur côté fait le choix des Curiaces.

Scène III

Restés seuls, les deux hommes confrontent leurs sentiments. Curiace maudit les dieux et désespère d'avoir à combattre son beau-frère. Horace, de son côté, se sent fier : il pense que de ce triple duel hors du commun, ne peut naitre qu'une gloire elle-même hors du commun.

Scène IV

Horace prévient Camille que si, à l'issue du combat, il doit tuer son fiancé ou être tué par lui, elle ne devra par leur faire de reproches, mais être fière.

Scène V

Camille tente en vain de dissuader Curiace d'aller se battre.

Scène VI

Sabine, pour atténuer l'horreur du combat qui se prépare, souhaite être tuée par son frère ou son époux. Le lien familial serait alors brisé et les deux familles auraient de véritables raisons de se battre. Horace et Curiace ne restent pas insensibles à ses propos.

Scène VII

Le vieil Horace demande à Horace et Curiace de ne pas se laisser attendrir par des pleurs de femme.

Scène VIII

Le vieil Horace, les « larmes aux yeux », ordonne aux futurs combattants de ne pas faillir à leur mission.

ACTE III

Scène I

Sabine déplore son incapacité à faire preuve d'autant d'héroïsme que son mari.

Scène II

Julie annonce que les deux armées, émues par les liens de parenté des combattants, ont demandé à ce que l'on choisisse d'autres champions. Ce sont les dieux qui seront chargés de cette décision.

Scène III

Sabine recommence à espérer. Camille s'y refuse, car elle sait que les dieux ne règlent pas leurs décisions sur les sentiments.

Scène IV

Camille considère que sa situation est pire que celle de Sabine. Elle estime qu'elle a « tout à craindre et rien à souhaiter », alors que Sabine n'a que la mort d'Horace à redouter.

Scène V

Le vieil Horace annonce que les dieux ordonnent que le combat ait lieu. Les Horaces et les Curiaces sont déjà en train de se battre. Le vieil Horace croit au glorieux destin de Rome.

Scène VI

Julie arrive pour annoncer les premières nouvelles : deux frères Horace sont morts et le mari de Sabine a survécu, mais, seul, devant les trois Curiaces, il a pris la fuite. La défaite de Rome parait inéluctable. Le vieil Horace est furieux, indigné par la lâcheté de son fils. Il promet de le tuer de ses propres mains.

ACTE IV

Scène I

Camille tente de calmer la colère de son père.

Scène II

Valère (chevalier romain amoureux de Camille) vient louer la bravoure d'Horace. En fait, les Curiaces étant tous blessés, sa fuite n'était qu'un stratagème destiné à les séparer. Il a ainsi pu les affronter séparément et en venir à bout. Rome vient donc de triompher ; le vieil Horace exulte.

Scène III

Le vieil Horace sermonne Camille : il lui reproche ses pleurs et lui fait remarquer que Sabine a bien plus de raisons qu'elle de se lamenter.

Scène IV

Monologue de Camille. Elle est affligée et refuse de célébrer la victoire.

Scène V

Horace revient fort de ses trophées. Il invite sa sœur à se réjouir. Blessée, elle déplore la perte de son amant et, dans un accès de rage, elle en vient à maudire Rome et à souhaiter sa destruction. Horace, vexé, la châtie et la transperce de son épée. Ainsi l'oracle qui lui prédisait qu'elle resterait unie à Curiace, mais dans la mort, se réalise.

Scène VI

Horace se justifie : la mise à mort de Camille est légitime, car elle a trahi sa patrie.

Scène VII

Sabine apprend la mort de Camille et supplie son mari de la tuer également afin que cesse son chagrin.

ACTE V

Scène I

Le vieil Horace reproche à son fils de s'être déshonoré en tuant sa propre sœur. Horace lui répond qu'il peut décider de le tuer.

Scène II

Le roi Tulle arrive dans la demeure familiale. Valère lui demande de punir le crime d'Horace. Mais est-il possible de châtier le héros qui vient de sauver la cité ? Le procès d'Horace est entamé. Celui-ci accepte de mourir, car, à vivre trop longtemps, il ne pourrait que ternir sa gloire. Il vient d'ailleurs de la ternir, preuve qu'il a déjà trop vécu.

Scène III

Sabine souhaite mourir à la place d'Horace. Elle mettrait ainsi un terme à ses souffrances et détournerait de son mari la colère des dieux. Le vieil Horace se lance alors dans un long plaidoyer : il demande à Sabine de faire preuve de courage, à l'image de ses frères qui ont su se sacrifier. Il rappelle au roi que le geste de son fils trouve son origine dans « le seul amour de Rome » et fait remarquer à Valère l'émoi que provoquerait la mort du héros. Il supplie le roi d'épargner le seul enfant qu'il lui reste et demande à Horace de ne vivre désormais que pour servir l'État. Le roi prononce son verdict : tout en rappelant le caractère odieux du geste d'Horace, il lui laisse la vie sauve pour tous les services exceptionnels qu'il a rendus à Rome. Horace vivra, les prêtres tenteront d'apaiser les dieux, et Camille et Curiace seront réunis dans un même tombeau.

ÉTUDE DES PERSONNAGES

HORACE

Horace est le personnage éponyme de la pièce. Il est le fils d'un chevalier romain, le vieil Horace. Lui et ses deux frères sont choisis pour affronter les frères Curiaces et faire triompher Rome. Le combat s'annonce éprouvant, car il est marié à Sabine, sœur des Curiaces.

Une longue tradition a dépeint Horace comme un être brutal, borné et fanatique. « Voilà le caractère inhumain », observe Pascal (mathématicien et philosophe français, 1623-1662) dans ses *Pensées*. C'est en effet le personnage cornélien qui invite le plus à la caricature. Il serait pourtant trop simple d'envisager le caractère d'Horace uniquement comme celui d'une brute. Ses réactions et ses actions doivent être interprétées sous l'angle de l'idéal, du sacrifice et de l'héroïsme.

Le dilemme auquel il se trouve confronté lui impose un choix dramatiquement simple : fuir ou combattre. Pas un instant, il n'envisage de manquer à son devoir. Pour lui, combattre pour Rome est un devoir « saint et sacré » (v. 497). Ce sont le roi et les dieux qui décident : au devoir militaire s'ajoute le devoir religieux. Le fait d'être désigné fait que son destin personnel se mêle à la destinée de Rome. Il n'est plus Horace, il est Rome.

À partir du moment où Horace est choisi pour vaincre, il doit se préparer mentalement, quitte à faire preuve de dureté : « La solide vertu dont je fais vanité/ n'admet point de faiblesse avec sa fermeté. » (v. 485-486) Horace apparait dès lors comme un héros qui se sacrifie à une cause qui lui est supérieure, il aspire à un idéal et à la gloire ; c'est un être magnanime.

Il vaincra les Curiaces et fera triompher Rome, mais, alors que son honneur est à son apogée, sa sœur refuse de célébrer sa victoire et celle de Rome qui lui a pris son fiancé. Horace tue sa sœur. Le roi doit juger ce comportement honteux, mais Horace a été d'une telle bravoure que le roi lui laisse la vie sauve.

CAMILLE

Sœur d'Horace et fiancée de Curiace, Camille est avant tout une femme de passion. Pour elle, la passion et les droits de l'individu sont supérieurs à l'État. À ses yeux, la notion de gloire fondée sur le courage n'existe pas : « C'est gloire de passer pour un cœur abattu/ quand la brutalité fait la haute vertu. » (v. 1241-1242)

Dans l'acte II, Camille tente d'inciter Curiace à renoncer au combat. Elle refuse d'admettre que les hommes dépendent d'une communauté géographique ou historique ; c'est une réalité qu'elle a toujours occultée, jusqu'à ce que la mort de Curiace lui apporte un cruel démenti. Ce qu'elle voulait nier s'impose à elle tragiquement.

Camille choisit l'amour. Elle fait le choix inverse de son frère, condamnant ainsi Rome et l'idée même de patrie. Sa mort, si affreuse soit-elle, n'est donc que la conséquence logique de son attitude et de ses décisions.

CURIACE

Curiace est un gentilhomme d'Albe fiancé à la Romaine Camille. Il est choisi avec ses deux frères pour affronter les Horaces. Tout comme son adversaire, il ne souhaite pas renoncer au combat, et choisit l'honneur et le devoir patriotique : « L'amitié, l'alliance et l'amour/ Ne pourront empêcher que les trois Curiaces/ Ne servent leur pays contre les trois Horaces. » (v. 418-420)

Pourtant, la conduite de Curiace est marquée par une certaine résignation : il ne se révolte pas comme Camille et ne se hisse pas au rang de héros comme Horace. Il se laisse vaincre avant même de combattre : « J'ai pitié de moi-même et jette un œil d'envie/ sur ceux dont notre guerre a consumé la vie. » (v. 475-476) L'horreur du combat le paralyse à l'avance. La conscience des valeurs humanistes auxquelles il tient l'affaiblit et le désarme.

Il meurt par la main d'Horace. Mais il ne sera pas séparé de Camille dans la mort, car le roi Tulle ordonne qu'ils partagent le même tombeau.

SABINE

Sabine est déchirée entre sa cité natale, Albe, et Rome, qu'elle a épousée en se mariant avec Horace. Face à ce conflit, elle choisit le parti des vaincus, quel qu'il soit : elle veut mourir avant le combat afin de donner de meilleures raisons aux combattants de s'affronter, puis elle veut mourir quand Camille est tuée par Horace. Mais toutes ses tentatives sont vouées à l'échec. Aussi ne peut-elle efficacement influer sur l'action.

Sabine est un personnage pathétique : elle fait partie de ceux que la guerre accable et qui préfèrent mourir plutôt que de côtoyer la cruauté des hommes. Corneille dira d'elle dans son *Examen d'Horace* (1660) : « Elle ne sert pas davantage à l'action que l'infante à celle du *Cid* et ne fait que se laisser toucher diversement, comme elle, à la diversité des événements. »

LE VIEIL HORACE

Le vieil Horace est un chevalier romain, père des trois Horaces. Son rôle s'étend progressivement au cours des trois derniers actes. C'est un homme qui a une foi inébranlable dans le glorieux destin de Rome. Il préfèrerait que ses fils affrontent d'autres adversaires que les Curiaces : « Nous pourrions voir tantôt triompher les Horaces/ sans voir leurs bras souillés du sang des Curiaces » (v. 975-976), mais, dans sa fierté patriotique, il ne peut concevoir que Rome choisisse d'autres combattants que ses enfants.

C'est également un père de famille qui souffre « du peu de sang qui reste en [sa] maison » (v. 1637), un père pathétique sous sa carapace de vieux Romain. Mais son sens de l'honneur et son dévouement à Rome lui interdisent de se plaindre trop hautement. Il préfère la mort au déshonneur ; voilà pourquoi il ne pleure pas sa fille Camille et aurait souhaité tuer Horace de ses mains quand il l'a cru lâche.

VALÈRE

Amoureux de Camille, Valère est un chevalier romain proche du roi. La première fois qu'il apparait dans la pièce, il vient transmettre les hommages du roi au vieil Horace quant au comportement de son fils victorieux de la bataille contre Albe. Il apparait une seconde fois en compagnie du roi Tulle alors qu'Horace a tué sa sœur. Là, Valère apparait comme le porte-parole de la loi et du Gouvernement. En effet, dans une grande tirade à valeur de plaidoirie, Valère demande à ce qu'Horace soit puni pour son crime malgré sa victoire, car ce meurtre fratricide lui fait perdre son honneur.

Si l'amour qu'il porte à Camille n'est pas étranger à cette requête ; il apparait, avant tout, que Valère se place du côté de l'ordre et de la justice. Pour lui, laisser un meurtrier en vie équivaut à faire régner l'anarchie.

LE ROI TULLE

Le roi Tulle n'apparait qu'au dernier acte alors qu'il vient féliciter les Horaces et qu'il a appris la mort de Camille de la main de son frère. Quand Valère débute sa plaidoirie, le roi se pose en juge : « Permettez qu'il achève et je ferai justice :/ J'aime à la rendre à tous, à toute heure, en tout lieu ;/ C'est par elle qu'un roi se fait demi-dieu. » (acte V, scène ii) Une fois l'accusation de Valère terminée, la défense d'Horace achevée et les propos des autres personnages conclus, Tulle donne son verdict et clôt la pièce. Le roi apparait alors comme un juge serein et impartial qui reprend les qualités et les défauts de l'accusé, mais qui privilégie, comme l'exige sa charge, la raison d'État.

Demi-dieu, représentant de l'ordre et de la justice, Tulle épargne Horace dont « [la] vertu met [la] gloire au-dessus de [son] crime » (acte V, scène III), car Horace est une force pour Rome et lui a permis d'étendre son pouvoir. On lit, dès lors, un éloge de la monarchie représentée par un roi juste et puissant.

CLÉS DE LECTURE

LES RÈGLES DU THÉÂTRE CLASSIQUE

Corneille rencontre le succès en 1637 avec la tragicomédie, c'est-à-dire une tragédie à fin heureuse, *Le Cid*. À cette époque, les règles de la tragédie ne sont pas encore bien arrêtées. *Le Cid* est l'occasion d'une querelle entre les partisans d'une tragédie classique composée suivant des règles strictes et les partisans d'une plus grande liberté de composition. Alors que les conventions s'imposent en 1640, Corneille crée *Horace*, tragédie dans laquelle ces règles ne sont pas strictement respectées.

L'unité de temps

Dans la tragédie classique, la durée de l'action doit se limiter à 24 heures. Cette règle suit les recommandations données par Aristote (philosophe grec, 384-322 av. J.-C.) dans *La Poétique*, qui est la première théorisation de la tragédie et auquel chaque dramaturge se réfère. Dans *Horace*, cette unité de temps est bien respectée. Les différentes péripéties sont contenues dans une journée.

L'unité de lieu

Il est ensuite question, dans la tragédie classique, de l'unité de lieu afin de se conformer à l'espace restreint de la scène. L'action d'*Horace* se situe dans « une salle de maison d'Horace ». Lieu logique puisque cette famille est au centre des évènements et que les allées et venues de Curiace sont justifiées par l'amour qu'il porte à Camille. Pour autant, la visite du roi Tulle dans une maison particulière parait inhabituelle. Corneille dans son *Examen d'Horace* revient sur ce point et se justifie grâce à la notion de vraisemblance. En effet, il est vraisemblable qu'un roi rende visite à une famille qui lui a permis d'étendre son pouvoir afin de leur faire honneur.

L'unité d'action

Enfin, la troisième unité est l'unité d'action qui interdit la multiplication d'actions secondaires et impose que toutes les actions secondaires servent l'action principale. Or, dans *Horace*, on distingue trois mouvements qui peuvent être vus comme trois actions différentes : le combat entre les frères des deux familles, le meurtre de Camille et le jugement d'Horace. Corneille reconnait lui-même en 1660, dans son examen de la pièce, que la mort de la jeune femme devient, dans la seconde partie de la pièce, l'action principale.

Si l'on peut considérer qu'effectivement la mort de Camille ouvre une nouvelle action, on peut également penser que celle-ci sert l'action principale à savoir le combat d'Horace pour son honneur et l'honneur de Rome. Quoi qu'il en soit, cela prouve que Corneille conçoit difficilement l'unité d'action et qu'il lui préfère l'unité de péril, c'est-à-dire que plusieurs actions sont possibles, mais que toutes soumettent le héros à un même risque et que c'est une fois ce péril surmonté que la pièce pourra s'achever. Mais là encore, Corneille voit dans *Horace* un défaut. En effet, l'unité de péril n'est pas respectée dans la pièce, car Horace se sort d'un premier péril (la mort au combat) pour s'exposer à un autre (la mort suite au meurtre de sa sœur). En outre, l'incohérence vient du fait que les deux périls n'ont pas la même valeur, l'un se situe dans le domaine public de la cité, le second dans le domaine privé de la famille. Toutefois, on peut également penser que le héros est exposé tout au long de la pièce à un même péril : celui de perdre son honneur.

La vraisemblance et la bienséance

La vraisemblance consiste en ce que rien d'irréel ne se passe pendant l'action de la tragédie pour que les spectateurs puissent s'identifier aux personnages. On a vu que c'est effectivement le cas dans *Horace* puisque la venue du roi Tulle est rendue possible par le sacrifice du vieil Horace pour sa cité et pour l'honneur de son souverain.

La bienséance consiste à une série de conventions qui permettent de ne pas choquer le public. Ainsi, on exclut des tragédies le vocabulaire de la sexualité ou des bas instincts. De la même manière, le vocabulaire des personnages est recherché, car ce sont des personnages de haut rang. Enfin, dans le cadre d'une tragédie classique, la scène ne doit accueillir ni meurtre ni sang. Le meurtre de Camille, perpétré sur scène par son frère, a donc choqué le public. Celui-ci aurait dû être commis en coulisse et rapporté ensuite dans les dialogues.

Enfin, Aristote parle de la tragédie comme d'une représentation de personnages agissants. Le discours doit donc servir l'action, mais en aucun cas s'y substituer. C'est le dernier reproche qui a été fait à Corneille qui, dans sa pièce, consacre le dernier acte au discours.

L'INÉLUCTABILITÉ DE LA GUERRE

Les principales sources utilisées par Corneille pour écrire sa pièce sont empruntées à Tite-Live et à son *Histoire romaine* (livre I, chapitres 23 et 26).

Corneille ne s'étend pas sur l'origine du conflit qui oppose Albe à Rome : il évoque de « petits différends » et « l'ambition de commander aux autres » (v. 301 et 303), mais les explications demeurent vagues. Dans la pièce de Corneille, la responsabilité de la guerre incombe davantage aux dieux qu'aux rivalités et à l'orgueil humain. La victoire de Rome a été prédite par les divinités ; le vieil Horace le rappelle à l'acte III : « Les dieux à notre Énée ont promis cette gloire. » Ainsi, la guerre est inévitable, elle s'inscrit dans le mystérieux dessein de la providence, et les hommes ne peuvent s'y soustraire : « Faites votre devoir, et laissez faire aux dieux » (v. 710), ajoute encore le vieil Horace. Comme les hommes sont soumis à l'ordre divin, aucune révolte n'est possible. Il est essentiel, pour comprendre la pièce, de conserver en mémoire le caractère inéluctable du destin.

L'horreur du conflit vient de son aspect fratricide. Il existe des liens très étroits entre les deux cités : elles ont toutes deux pour ancêtres communs les Troyens, et Rhéa Silvia, fille du roi d'Albe Numitor, était également la mère de Romulus, le fondateur légendaire de Rome. Le mariage d'Horace et Sabine et le futur mariage de Curiace et Camille illustrent ce lien entre les deux cités : « Nous ne sommes qu'un sang et qu'un peuple en deux villes », déclare Curiace (v. 291). S'il ne dépendait que des hommes, cet affrontement fratricide ne se déroulerait peut-être pas, mais les dieux en ont décidé autrement, et leur volonté fait peu de cas des sentiments humains. Camille le reconnait à l'acte III : « Le ciel agit sans nous en ces événements/ Et ne règle point dessus nos sentiments. » (v. 861-862)

Dans une conception providentielle de l'histoire, ce combat doit marquer la seconde naissance de Rome, c'est-à-dire, sa naissance à l'Histoire. Albe, parce qu'elle est mère, doit être défaite : « Albe est ton origine : arrête et considère/ Que tu portes le fer dans le sein de ta mère » (v. 55-56), s'écrie Sabine en apostrophant Rome.

C'est seulement après la capitulation d'Albe que Rome pourra progressivement imposer sa domination sur l'univers. Son destin, de sa gloire à sa chute et de sa grandeur à sa décadence, est prédit par Camille :

> « Que l'Orient contre elle à l'Occident s'allie ;
> Que cent peuples unis des bouts de l'univers
> Passent pour la détruire et les monts et les mers !
> [...]
> Que le courroux du Ciel allumé par mes vœux
> Fasse pleuvoir sur elle un déluge de feux. » (v. 1308-1314)

LE MEURTRE DE CAMILLE

Contrairement au récit de Tite-Live, Horace ne tue pas sa sœur dans un mouvement de colère ou de furie barbare. Le texte est très clair sur ce point : « C'est trop, ma patience à la raison fait place » (v. 1319), s'écrie Horace lorsqu'il sort son épée. Aussi le vieil Horace, tout en déplorant ce geste, ne le condamne pas sur le fond, considérant lui aussi sa fille comme une « criminelle » (v. 1411). Le roi Tulle, lui-même, finit par admettre : « Ta vertu met ta gloire au-dessus de ton crime. » (v. 1760)

Pourquoi le geste d'Horace suscite-t-il une telle indulgence et quelles sont les raisons du châtiment de Camille ? Cette dernière ne meurt pas de trop aimer Curiace, ni de vouloir lui rester fidèle, mais de se ranger par désespoir et par haine du côté des ennemis de Rome, ainsi que d'avoir osé appeler sur Rome la malédiction du Ciel. Dans l'univers de la tragédie, aucune malédiction n'est vaine. Nous avons remarqué précédemment que les paroles de Camille étaient comme autant de prophéties. Par ces paroles, elle devient une adversaire de Rome. Son évolution n'est d'ailleurs pas soudaine, elle a déjà rompu tout lien avec les siens : « Dégénérons, mon cœur, d'un si vertueux père/ Soyons indigne sœur d'un si généreux frère. » (v. 1239-1240) Camille est désormais plus Curiace que les Curiaces ; elle ne peut donc connaitre qu'un sort similaire au leur.

Le geste meurtrier d'Horace provient du même élan patriotique que celui qui l'animait durant le combat contre les Curiaces : « Le seul amour de Rome a sa main animée. » (v. 1655) Il convient alors d'interpréter le meurtre de Camille comme un sacrifice. Il constitue la suite logique de la victoire, l'acte de patriotisme d'un homme qui, par ses exploits, est devenu l'incarnation de Rome : « Faisant triompher Rome, il se l'est asservie. » (v. 1507)

Cet acte, bien que dicté par les raisons que nous venons d'étudier, n'en reste pas moins un crime, passible d'une punition.

LE PROCÈS D'HORACE

Le procès d'Horace offre un double intérêt : en raison du jugement et du verdict, mais également parce qu'il est organisé par le roi en personne.

La guerre contre Albe devait marquer la seconde naissance de Rome à l'Histoire. Dans cette perspective, le procès d'Horace peut être lu comme la naissance du droit, l'organisation de l'État juridique. Jusque-là, la justice relevait du clan familial, c'était le *pater familias* qui avait le droit de vie et de mort sur les siens. Quand le vieil Horace croit à la lâcheté de son fils, il déclare : « Contre un fils indigne usant des droits d'un père/ Saura bien faire voir dans sa punition/ L'éclatant désaveu d'une telle action. » (v. 1032-1034)

Mais le clan familial est désormais dessaisi de ces lois ancestrales. La loi se substitue à la force. Le roi Tulle fait prévaloir la supériorité du juridique et du politique sur le *pater familias*.

Le rôle du chevalier Valère épris de Camille est également important : il ne veut pas qu'Horace soit jugé pour venger Camille, mais par souci de l'État. Il reconnait les exploits d'Horace, mais ne peut admettre que celui-ci fasse justice lui-même. Nier le pouvoir légitime, c'est favoriser la barbarie, la tyrannie.

Le roi finit par prononcer un verdict fondé sur la raison d'État et la raison politique. Horace est un serviteur trop utile à l'État pour qu'il soit éliminé : « De pareils serviteurs sont les forces des rois/ et de pareil aussi sont au-dessus des lois. » (v. 1753-1754)

LE DISCOURS JUDICIAIRE

Le cinquième acte d'*Horace* au cours duquel a lieu le procès est particulier, car, loin de présenter des actions, il est tout entier réservé au discours et qui plus est au discours judiciaire. Dès lors, les personnages ne sont plus agissants, mais ils discourent dans le but d'accuser ou de défendre Horace. Les personnages recourent donc à la rhétorique qui consiste, grâce à différents procédés, à créer des discours qui soient à la fois agréables pour l'auditeur et persuasifs. Il s'agit d'une discipline qui trouve ses origines dans l'Antiquité grecque et qui sera reprise et augmentée au fil des siècles.

La rhétorique se compose de quatre parties : l'invention, la disposition, l'élocution et l'action. La première, l'invention, consiste en la recherche par l'orateur des arguments qui lui serviront dans son discours. La disposition est la planification du discours. L'élocution concerne le style du discours. Enfin la dernière partie, l'action, consiste en la prononciation du discours.

Valère est le premier à intervenir auprès du roi, il procède à un discours judiciaire, pour accuser Horace et le faire punir pour son crime. Son discours suit les règles de la rhétorique comme le montre sa disposition.

L'exorde

La première partie d'un discours est l'exorde. Il faut captiver l'auditoire en jouant avec la notion d'*ethos* et de *pathos*. On peut dire que l'*ethos* est l'image que l'orateur donne de lui-même dans son discours, tandis que le *pathos* est chargé d'émouvoir le public.

Valère utilise ces deux notions dans l'exorde qui va des vers 1481 à 1491. Le chevalier capte l'attention du roi et avec lui celle de tout l'auditoire grâce à l'interjection « ô grand roi ». Ensuite, Valère parle de lui pour se présenter comme le représentant des Romains, « les gens de bien », et il consent à dire qu'Horace a accompli de hauts faits. L'accusateur se pose donc comme quelqu'un de bienveillant et d'humble qui renie toute jalousie et qui se dit prêt à aider Horace pour contribuer à ses mérites. L'exorde continue avec la conjonction de coordination « mais » qui marque l'opposition. À partir de ce moment, Valère se place comme un observateur impartial des actions du héros et joue sur le *pathos* en parlant d'« un tel crime », c'est-à-dire d'un crime si odieux. Il demande la condamnation du héros pour le bien du régime monarchique donc de son roi, car la fureur d'Horace peut devenir menaçante : « Si vous voulez régner, le reste des Romains :/ Il y va de la perte, ou du salut du reste. »

La narration

La deuxième partie de la disposition est la narration. Dans le discours judiciaire, il s'agit de revenir sur les faits et d'en exposer les causes de façon claire et chronologique.

Dans le discours de Valère, la narration débute au vers 1492 avec un changement de temps. Après le présent, l'auteur utilise l'imparfait : « La guerre avait un cours si sanglant, si funeste. » L'orateur reprend ce qui est exposé au premier acte de la pièce, à savoir que chaque Romain est lié à un Albain qui est son gendre ou son beau-frère. Cette cause ayant pour effet que chaque Romain connait le bonheur public, car sa cité a triomphé, mais que chaque Romain est aussi sujet aux pleurs, car cette victoire est marquée par le malheur de ses parents albains. Or, Horace n'excuse pas ces pleurs, pas même ceux de sa sœur qui perd son amant. Valère se demande donc jusqu'où ira Horace dans la vengeance de l'honneur de sa ville. En outre, l'orateur finit par démontrer qu'Horace s'arroge un droit qui n'est pas le sien, mais bien celui du roi à savoir le droit de vie et de mort sur les Romains.

La narration est l'une des parties, avec la confirmation, dont on trouve des traces dès cette partie, concernées par le *logos*. L'*ethos* et le *pathos* ne sont donc plus des armes, et seul reste le langage pour défendre son propos. L'orateur doit donc se servir d'arguments qui peuvent être des exemples ou des constructions comme le syllogisme (« un raisonnement déductif fondé sur trois propositions », *Cnrtl. fr*). Valère utilise ce type de raisonnement lorsqu'il semble déclarer que chaque Romain pleure un Albain, or Horace punit les personnes qui pleurent un Albain, donc Horace tuera tous les Romains. Valère narre donc bien de façon brève et précise les faits dans cette partie de son discours.

La confirmation

Après la narration vient la confirmation qui reprend les

preuves et les expose tout en s'emparant des arguments adverses pour les démonter. Là, *logos* et *pathos* sont liés comme le montre le discours de Valère.

L'orateur parle de l'indignité d'Horace qui fut capable d'un meurtre fratricide. Pour Valère, le crime d'Horace est la preuve de son incapacité à vivre comme sujet du roi romain. Mais le chevalier va plus loin en démontrant que les arguments pour la défense d'Horace ne tiennent pas. Valère parle ainsi de la jeunesse et de la beauté d'Horace ; la jeunesse, car ce serait une excuse à un meurtre passionnel et la beauté, car cela voudrait dire qu'Horace n'est pas foncièrement mauvais. Mais l'orateur finit par rejeter ces arguments qui sont de l'ordre de l'artifice. Enfin, il est effectivement question de *pathos* dans ce passage où sont employés les termes « rage », « cruel » ou « horreurs », qui plus est dans les positions principales d'un alexandrin, c'est-à-dire à la césure comme « cruel » ou « horreurs », ou en fin de vers comme « rage ».

La péroraison

Le discours se termine par la péroraison qui se compose de plusieurs parties : une amplification, une passion et une récapitulation. Dans le discours de Valère l'amplification consiste à montrer la gravité du crime du Romain, la passion à faire naitre l'indignation chez l'auditeur, et la récapitulation résume les arguments du discours.

C'est à partir du vers 1520 que commence la péroraison du discours de Valère. L'orateur procède à une amplification : il n'est plus question de l'indignité d'Horace, du risque que court chacun des Romains, mais des dieux. Le meurtre commis par Horace est indigne et fait de son auteur un objet de détestation des dieux. En effet, plus loin, Valère récapitule en parlant du « premier parricide » commis à Rome qui fera naitre la colère des dieux qu'il faut craindre comme il faudra craindre l'avenir si Horace reste en vie. Valère reprend ensuite les vertus d'Horace et sa gloire, mais il parle de la gloire souillée d'un homme qui, le même jour, a commis le meilleur et le pire. Valère insiste sur ce point qui est censé faire naitre l'indignation chez son auditeur.

Valère se place donc en accusateur dans cette scène. Son raisonnement est simple et clair : Valère menace le régime monarchique et la figure même du roi, car il s'arroge un droit de vie et de mort sur chacun. En outre, Horace a commis le premier parricide de la ville, ce qui ne tardera pas à éveiller la colère des dieux. L'orateur se sert de cet argument d'autorité à la fin de son discours pour demander la condamnation à mort du héros et, pour ce faire, il se sert de l'enseignement de la rhétorique et d'un de ses sujets d'étude : le discours judiciaire. Cette partie tout entière tournée autour du discours et non de l'action est surprenante dans le cadre de la tragédie. Pour autant, Corneille y fait là l'éloge de la monarchie et du roi, car il présente un roi juge de ses sujets et surtout un roi juste et bon.

PISTES DE RÉFLEXION

QUELQUES QUESTIONS POUR APPROFONDIR SA RÉFLEXION...

- En quoi Horace est-il un personnage héroïque ?
- Comment interprétez-vous la réintégration du héros dans la cité ?
- Quel emploi Corneille fait-il du monologue ?
- « Je ne craindrais point d'avancer que le sujet d'une belle tragédie doit n'être pas vraisemblable. » Commentez cette citation de Corneille en vous appuyant sur *Horace* et d'autres pièces de Corneille que vous connaissez.
- La tragédie a un vocabulaire qui lui est propre. À partir de cette pièce, constituez un lexique autour de plusieurs thèmes : l'amour, la fatalité, la mort, etc.
- À votre avis, pourquoi les dramaturges choisissent-ils fréquemment une période historique éloignée de la leur ?
- « Quand la perte est vengée, on n'a plus rien perdu. » Commentez ce propos d'Horace.
- Regardez le tableau de Jacques-Louis David (1748-1825), *Le Serment des Horaces*. Étudiez sa composition. Y voyez-vous des similitudes avec la pièce de Corneille ?
- Le discours de Valère est basé sur les enseignements de la rhétorique. En est-il de même de la plaidoirie d'Horace ?
- Si vous deviez juger Horace, quels arguments adopteriez-vous pour le condamner ou l'acquitter ?

Votre avis nous intéresse !
Laissez un commentaire sur le site de votre librairie en ligne
et partagez vos coups de cœur sur les réseaux sociaux !

POUR ALLER PLUS LOIN

ÉDITION DE RÉFÉRENCE

- Corneille P., *Horace*, Paris, Gallimard, coll. « Folio théâtre », 1994.

ÉTUDES DE RÉFÉRENCE

- Biet C., « *Horace*, Pierre Corneille », in *Universalis éducation*, consulté le 29 novembre 2016.
- Corneille P., *Discours des trois unités d'action, de jour et de lieu*, 1660.
- Gouton G., *Corneille et la tragédie politique*, Paris, PUF, coll. « Que sais-je ? », 1984.
- Reboul O., *Introduction à la rhétorique*, Paris, PUF, 2013.
- Truchet J., *La tragédie classique en France*, Paris, PUF, 1975.

SUR LEPETITLITTÉRAIRE.FR

- Commentaire portant sur la scène VI de l'acte V de *L'Illusion comique* de Pierre Corneille.
- Commentaire portant sur la scène VII de l'acte I du *Cid* de Pierre Corneille.
- Fiche de lecture sur *Cinna* de Pierre Corneille.
- Fiche de lecture sur *L'Illusion comique*.
- Fiche de lecture sur *Le Cid*.
- Fiche de lecture sur *Le Menteur* de Pierre Corneille
- Questionnaire de lecture sur *L'Illusion comique*.
- Questionnaire de lecture sur *Le Cid*.

Retrouvez notre offre complète sur lePetitLittéraire.fr

- des fiches de lectures
- des commentaires littéraires
- des questionnaires de lecture
- des résumés

ANOUILH
- Antigone

AUSTEN
- Orgueil et Préjugés

BALZAC
- Eugénie Grandet
- Le Père Goriot
- Illusions perdues

BARJAVEL
- La Nuit des temps

BEAUMARCHAIS
- Le Mariage de Figaro

BECKETT
- En attendant Godot

BRETON
- Nadja

CAMUS
- La Peste
- Les Justes
- L'Étranger

CARRÈRE
- Limonov

CÉLINE
- Voyage au bout de la nuit

CERVANTÈS
- Don Quichotte de la Manche

CHATEAUBRIAND
- Mémoires d'outre-tombe

CHODERLOS DE LACLOS
- Les Liaisons dangereuses

CHRÉTIEN DE TROYES
- Yvain ou le Chevalier au lion

CHRISTIE
- Dix Petits Nègres

CLAUDEL
- La Petite Fille de Monsieur Linh
- Le Rapport de Brodeck

COELHO
- L'Alchimiste

CONAN DOYLE
- Le Chien des Baskerville

DAI SIJIE
- Balzac et la Petite Tailleuse chinoise

DE GAULLE
- Mémoires de guerre III. Le Salut. 1944-1946

DE VIGAN
- No et moi

DICKER
- La Vérité sur l'affaire Harry Quebert

DIDEROT
- Supplément au Voyage de Bougainville

DUMAS
• Les Trois
  Mousquetaires

ÉNARD
• Parlez-leur
  de batailles,
  de rois et
  d'éléphants

FERRARI
• Le Sermon sur la
  chute de Rome

FLAUBERT
• Madame Bovary

FRANK
• Journal
  d'Anne Frank

FRED VARGAS
• Pars vite et
  reviens tard

GARY
• La Vie devant soi

GAUDÉ
• La Mort du
  roi Tsongor
• Le Soleil des
  Scorta

GAUTIER
• La Morte
  amoureuse
• Le Capitaine
  Fracasse

GAVALDA
• 35 kilos d'espoir

GIDE
• Les
  Faux-Monnayeurs

GIONO
• Le Grand
  Troupeau
• Le Hussard
  sur le toit

GIRAUDOUX
• La guerre de
  Troie
  n'aura pas lieu

GOLDING
• Sa Majesté des
  Mouches

GRIMBERT
• Un secret

HEMINGWAY
• Le Vieil Homme
  et la Mer

HESSEL
• Indignez-vous !

HOMÈRE
• L'Odyssée

HUGO
• Le Dernier Jour
  d'un condamné
• Les Misérables
• Notre-Dame
  de Paris

HUXLEY
• Le Meilleur
  des mondes

IONESCO
• Rhinocéros
• La Cantatrice
  chauve

JARY
• Ubu roi

JENNI
• L'Art français
  de la guerre

JOFFO
• Un sac de billes

KAFKA
• La Métamorphose

KEROUAC
• Sur la route

KESSEL
• Le Lion

LARSSON
• Millenium 1. Les
  hommes qui
  n'aimaient pas
  les femmes

LE CLÉZIO
• Mondo

LEVI
• Si c'est un
  homme

LEVY
• Et si c'était vrai…

MAALOUF
• Léon l'Africain

MALRAUX
- La Condition humaine

MARIVAUX
- La Double Inconstance
- Le Jeu de l'amour et du hasard

MARTINEZ
- Du domaine des murmures

MAUPASSANT
- Boule de suif
- Le Horla
- Une vie

MAURIAC
- Le Nœud de vipères

MAURIAC
- Le Sagouin

MÉRIMÉE
- Tamango
- Colomba

MERLE
- La mort est mon métier

MOLIÈRE
- Le Misanthrope
- L'Avare
- Le Bourgeois gentilhomme

MONTAIGNE
- Essais

MORPURGO
- Le Roi Arthur

MUSSET
- Lorenzaccio

MUSSO
- Que serais-je sans toi ?

NOTHOMB
- Stupeur et Tremblements

ORWELL
- La Ferme des animaux
- 1984

PAGNOL
- La Gloire de mon père

PANCOL
- Les Yeux jaunes des crocodiles

PASCAL
- Pensées

PENNAC
- Au bonheur des ogres

POE
- La Chute de la maison Usher

PROUST
- Du côté de chez Swann

QUENEAU
- Zazie dans le métro

QUIGNARD
- Tous les matins du monde

RABELAIS
- Gargantua

RACINE
- Andromaque
- Britannicus
- Phèdre

ROUSSEAU
- Confessions

ROSTAND
- Cyrano de Bergerac

ROWLING
- Harry Potter à l'école des sorciers

SAINT-EXUPÉRY
- Le Petit Prince
- Vol de nuit

SARTRE
- Huis clos
- La Nausée
- Les Mouches

SCHLINK
- Le Liseur

SCHMITT
- La Part de l'autre
- Oscar et la Dame rose

SEPULVEDA
- Le Vieux qui lisait des romans d'amour

SHAKESPEARE
- Roméo et Juliette

SIMENON
- Le Chien jaune

STEEMAN
- L'Assassin habite au 21

STEINBECK
- Des souris et des hommes

STENDHAL
- Le Rouge et le Noir

STEVENSON
- L'Île au trésor

SÜSKIND
- Le Parfum

TOLSTOÏ
- Anna Karénine

TOURNIER
- Vendredi ou la Vie sauvage

TOUSSAINT
- Fuir

UHLMAN
- L'Ami retrouvé

VERNE
- Le Tour du monde en 80 jours
- Vingt mille lieues sous les mers
- Voyage au centre de la terre

VIAN
- L'Écume des jours

VOLTAIRE
- Candide

WELLS
- La Guerre des mondes

YOURCENAR
- Mémoires d'Hadrien

ZOLA
- Au bonheur des dames
- L'Assommoir
- Germinal

ZWEIG
- Le Joueur d'échecs

www.lepetitlitteraire.fr

ISBN version numérique : 978-2-8062-1945-9
ISBN version papier : 978-2-8062-1091-3
Dépôt légal : D/2013/12603/263

Avec la collaboration de Pierre-Maximilien Jenoudet pour la présentation générale de la pièce, l'analyse des personnages de Valère et du roi Tulle, ainsi que pour les chapitres « Les règles du théâtre classique » et « Le discours judiciaire ».

Conception numérique : Primento,
le partenaire numérique des éditeurs.

Ce titre a été réalisé avec le soutien de la Fédération Wallonie-Bruxelles, Service général des Lettres et du Livre.